日夢
趙文豪

目錄

在都市中，面對情緒，穿過曲折的彎，盡可能的走長，長到可以放好自己的心。無論是紀錄某個時光切片，與自己某個階段的對話，或者是某個生命狀態。若有所思，按圖索驥。

作為將來回索那段時光的記號。語言，建構他心中的某個回憶圖像，行走在城市裏，讓良善面更容易被看見。近年來，面對情緒的課題成為現今許多青少年以至成人，所需要克服的關卡。探究這些原因，多來自於面對網路、困境的挫折與刺激，隨自身在創作作為起點。

聽說

你的情緒是屬於河流的
穿過有霧的客廳，雙手交叉著
抱在胸前。深怕把自己弄丟了
把回家的路給搞丟了
睜開眼，每天是一次的出生與死亡
盯著時鐘，等候船班。慣性從家中彎出
而你母親低聲哼著歌——
逐漸成調，像有模有樣的雨勢

稱得上靠近海；
你在手臂上抹了沙
記憶還是零散的，被風舉起
被浪沖過

我突然對日常感到困難
按時提醒那些夾在深夜縫間的夢語
那些名之為家的
漂浮著。在河流之上

心意

你的心是一座小小的城
有過大的詞彙
從第一個字母猜到最後一個。
蓬蓬的雲，被擺在初臨的海

掉落的雨，跌跌撞撞
語意不清的城
上千個傍晚

「懷疑與溫柔，直到偶然
被擺在街燈上。」

沿途——遺落看見，親愛的

當你看往那些閃亮的訊息，你的手指拉著線
坐在綠草地上
把一顆一顆黑亮的字拉進你的口袋。

我為那些埋沒的生活而道歉
「總是以為一個人的家」
我們省去許多話，
誰也不願意去望向另一個人的生活

拂去水面上的灰。
盡是走在湖泊遠去，找著名之為家的字
——銀河，有人睡著：
你眼睛瞇成一道浮雲，
沒有平行沒有狹窄沒有等待
沒有一個願意把夢遞給我的人
我用一枚耳朵貼近牆：

「時間涓涓流動，我只住了今晚。」
固定半杯熱咖啡；走到一半的丘陵
日光滲進窗內。例如冷氣口凝結的霜
凝結的沉默，靜得讓人聽見文明

在回家的路走向你
有人掉下去。媽媽拎起了風

月光活得比夢平庸：那乳黃色
影子散了一地。據言
家裡的妹妹
在鏡子裡放大了勇氣
摸索銀飾、旋轉，微笑，把純淨的夜
哼成一首歌。島上正在歡囂。消息可信
一家人一直在這：去哪都好。

解釋

領好一枚離開的車票：靜靜穿繞
你在記憶裡的模樣
慎重呼吸：在清晨五點清醒
把自己擠進詩集裡的第二首作品
延宕已久的日程
猝不及防：仍被記起了

刻意表露出稀鬆平常

停留在原地。等著遊客都離開以後
一個人收拾
連日累積的陰影。如夢
渴望天空，每天近得幾乎被陽光淹沒
遊子從荒野裡走來
遠遠看著他摘下玫瑰
你空出意志循著腳步來到習慣的位置
：螞蟻從房間裡穿出
一直列的日子裡
遠遠的去程。
日常成為一顆智齒
埋在流沙裡

幾乎蓋起了一座城堡

連日敘事，習於感受亮度
有時誤認背影，連帶誤認清晨時
重複的留言順著雲縫而來
「天氣良好，你愛好和平」

海被挖去了胸膛
成為谿壑，晶瑩卻堅硬
是一堵牆。不再湧入句號
笑著清楚說出你的痛

沿著告別的八月
垂下豆莢
學著長大的男孩
將桌上的話題蟄藏
相約讀霧，生火的陽光
從都市帷幕走進鄉間，灑向城鄉兩極
你走向皺褶：在傍晚五點
像想起上輩子的情事那樣看著我

一端不斷晃蕩，另一端有人帶傷
他撥開夕陽：切得一半一半
遠遠的不斷叮囑著

空氣裡有字。連日敘事
期待有人提起你
而你也能在其他話題裡：
從底部凹陷的牙膏，
將灰燼收納，在約會前撤離

大致來說，
早在對坐的時刻
推測在那本詩集裡
你的想像是裡頭的花瓶
換上新鮮的花。然後告訴自己

燈海

雲是日子
甜甜的柔柔的
綿綿長長的
信，寫一遍又一遍
時而安插雨季。
在行事曆上每一格座位上

生活像經過的海浪

無預期的起伏
波紋、掌紋、漩渦
你用心感受——
用不同的角度
活過一次
眼中的形象，以及
遊走後，漂流成海；

海是擁抱，海是寬容
是不計較的一句愛
是我們的家

日子緩緩流過

緩緩記得，在人來人往的潮流裡

河流

昨晚在沙發上夢見的路
陽光和煦，我拎著一袋蘋果
沿路有蘋果香，有人哼著溫柔的歌聲
走得好長好長
你拉回我的注意專心傾聽
「最近心情像身邊的綠葉
也些事情淡淡的，像落在葉上的雨水」
坐得太久了。日子把他的嘴角都笑瘦了

天緩緩亮了。有一道河流從你的背影走出
遠遠的，遠遠的。

多數的早晨被森林淹過
即便你不被理解。時光依舊甜美

穿透：默數的日子井然有序

一、自你定義藍色的開始

至少天空是一切復原了：時間
一滴意義不明的油漬
在角落擴散成一匹絨布。
卻是溫柔的保管不小心寫對的信。而藍天：
空無一處的光。費力把波浪披摺
影子與咖啡漬；以及多說的一截話

斷行、逗號，再刪去？上下求索

在深不見底的捷運車廂
都市裡的底下；認出單字
寄生在幾何圖形：
穿過夢的眼睛
一句一句的覆蓋——是問。

我從裡頭踩出去，
每個日子都像一般列車
光影相間。而夢遊者離開生活
恰似一句告白。近得只聽到海浪侵蝕礁石

而陽光穿透

二、好比一行不疾不徐的句子

你喜歡隱喻世界，刮搜詞彙
去形容這個關係
好讓讀的時候浮現了他
在杯緣的茶垢
某些匆忙也總是把承諾擺在桌角

想像蕨類
沒有光的時候，你自己的字
過瘦，寂寞，而不需要太多

城市充滿秘密，夢被想像成透明的海

重新乘上一班全新列車，臨海
我從影子裡面踩出去。

近得只聽到
日子像不斷侵蝕在礁石上
每個洞都是深刻的遺憾

如果那時的說出口；
吞進的一句話
吐出的一班全新列車……如果
如果陽光是問候

意識是悲傷的，一切就會靜下來的
繞過另一艘沉船
沒有任何雲的輪廓

閃爍

你想講的話，很短
很簡單：像一根火柴
點燃，
鼻翼縮小一些

突然想起
關心。
把準備的訊息

盛進耳朵。
每天洗澡時澆點水

你的一月突然浮了起來
像小島；像不知不覺繞過的句子

請不要已讀不回。
下次見面。讓我好好說完

穿過

清晨的列車穿過霧，穿過
一座山。你耽溺於
急於說出一些話

落下一陣雨，在肩頭上翻開浪花
你靜下來省識生活的陡峭
陷入了還給耳朵的遠方

通往日常，穿過車廂
通往盡頭穿過盡頭。
那些最好的路

畫室與午後

吞下一句話，像日常喝下的水
在身體裡形成川流。雙臂形成森林
讀不完的書：永遠在做的夢
一條似乎通往溼地的路

你在自己裡找到自己
到另一條通道裡走進森林
竟在自己的影子裡迷路

不知所措，難以啟齒
從牆壁裡找出一道拉鍊：
裡頭有一片海，碧藍如一面看得清楚自己的鏡子

吞下一句話，沙漠裡有海洋
遠方有光。

鏽海

你的話越說越不清楚
將生活裡學到的字
：夢。
成為一塊暫時性的濕地

在這塊溼地，黃昏時群鳥群集
你找一張座椅
靜靜收下

成為一張暫時性的風景
快樂與悲傷有時曖昧
把愛澆灌成為一塊溼地
在太湛藍的日子，
太過鐵灰的海
——走得太遠。在風景的盡頭
似乎在什麼地方看過，走著
走過

聲音

你是手邊的大海，依然清澈
清晰的眉目
在入秋的夢境鬆軟
我站在原地望去，那些背影都像你：
青蘋果色的洋裝，短馬尾，襯著
五點四十五分灑下的陽光，
摘下兩三枚薄荷葉

捲起了一聲短嘆
想了許多事，反而什麼都問不出口
喉頭突然湧上酸甜
即將降雨的氣味
「關於我們的家」
像是一切的日常
大海接近，
聲音湧了上來
我們的島被淹沒了

海

在傍晚的堤岸，斜斜探入的
餘光。海上有如絨布：
柔軟、規律，
有人在盡頭等待
或者決定在轉角把一個習慣戒斷
用指尖滑過下一個頁面
你感覺有點困惑的
經過卻沒有比這次更靠近的了

而你夠好了

你在夠好的日子裡，有足夠的聲音
當散場之後
人們的眼神像漫長的路；
你燒著營火，有足夠的夜晚
有人祈禱歡呼
有人喜歡悲傷的雨
等待做的夢逐漸枯黃，像一張落葉換季
換一個夢。

而你夠好了，擅長修補
在柔軟的海洋柔軟的霧般那場夏天
那樣頑皮的說著一件往事

更好的夜晚

時間有岸，夜晚降臨如海
沿著一條小徑
陽光已用種子照亮許多詞彙
在晚餐時刻，家燈明亮
笑聲三三兩兩，像一朵花
不斷地接連綻放：瞬間急忙許願

餐桌有岸。有人期待有人等待

就像花的種子灑在格子桌布
在每個週一下班時刻，化成一道夜晚也消融不開
疲倦襲來。
有雲，有雨，也有愛
一步一步回家的路
在一起就好。

採集

看見微弱的光源，你想起
身在夢裡
陽光順勢擴大。熟悉的街道與炙熱
等待
你收妥河流
蹲低聆聽，有人良善如岸
如果你醒來。

過了一年是一年；
擦掉來來去去的影子
街道井然有序
安放你的記憶與小島
終究是沒有抵達的星期一
採收詞彙，沿著季節
總有人在去留裡成長；
在對岸亮起

回音

夏天的時候，你當海
我學著溫柔說話
走快一點。趕上不那麼溫馴的夜
好像許多事證猶如圓規
不斷迴圈，而你是海
我接近邊界
遠方灰雲堆疊
大海即將降臨

形狀

多麼明快的一場雨
你們盡情舞蹈，直到和解
在透明的夜晚裡；
規則裡遊走的蟻工
傳遞呼吸、呼喊，在長長的信上
延伸出幾對名字
何其輕盈，
現實杵在虛幻上的影子

權力成為專有詞彙
夜晚哄著你入睡
你惦記
自己所謂的民主
心口不一。
交換著田野與頂樓
離陽光那麼近
像是觀照他人的家庭
頭上的日光播下所謂艱難的年代
指甲縫裡的悲傷
與沉重。每天聊著一樣的話

重蹈覆轍的一封信
在土壤裡滲透出
時間包覆以愛為名的理由；

而一場雨
在寧靜的水窪
上漲。有人驚喜
情節反覆，恆久的筆記
直到他掌握所有細節
寫在眼皮上
不斷衍生的詞彙

為了結束而準備
帶給下一代而不厭其煩複述的一則夢，
心口不一。指著心臟
像是輪盤轉著黑膠唱片
你撥弄兩下胸膛
一條象徵減法的傷口
你睡得很淺
睡在夢裡，不斷蔓延詩句
腳下踩著圖釘
標記肉身，情節，對外開放的
路口與天空

多麼明快的一場雨
也許是
影響的焦慮
你夢到在廣場中央
強人站在眾人之上
看著他抵達，倒下，眾人驚慌
在很久以後寄來的信上，被撕下一層夢境
感到剝離。而緩緩駛去，來自遠方的消息

練習現場

沒有雨　沒有光
當我們散步的傍晚
爆米香車上的氣味
是被允許的海

我舔手指，舔著甜味
在日子被堆成沙丘
你以為是鹽；

在夢裡發不出聲音的那些夜晚

連日的雨終於暫停
又醉又冷。光是黑的，
聲音是黑的——
而你坐在公園的長椅上
把鏽味的聲音都吞進去

路人點起菸，霧裡是海
花是沿途所見的火
不笑。不哭
「一定是你對於活著總是想得比誰都認真」

頂樓

在夢中，你把溫柔的一句話讀成河
沉重的點點滴滴
在黑夜中透著微光
有時誤認為熟悉的倒影。

有光緩緩穿過透明的清晨
你從寂靜的沙發上醒來
依稀聽見河流從桌前穿過，

沿著日子與影子之間
把想說的話沉進水裡
春夏秋冬。小樹漸漸長高了

一把刀子

你寫詩
在床邊看日出
感受溫暖

想起幾個名字。熟悉又陌生
把話都吞了回去
也吞進刀片

整個下午
像列車
打開門後發現，滿滿空位

充滿沉默也充滿時間
而你卻滿滿缺口
等著被適宜的一句話填滿

像一下子

有人從病中好轉，
乾鬆的面具像掛在身上
剩下一些等待痊癒的影子
等著在人家口中聽到他

你也等著準備提起的時機
比如日子，用靈魂盛裝一場雨
想起來就過了——

一粒糖也是一句話
螞蟻把信搬走

一下過了就像過了半輩子
你是遠方，陽光走近他

適合遠行，之外沒有其他

關於候車，我們計算
站與站的距離——
等著習以為常的
大冰奶與培根蛋吐司
眼前有霧，想起了多少
放下習慣的作息

等候沒有困惑的午後
查了明天的天氣：

適合遠行。
而什麼也沒說

狀態

他的話，很短
開始與結束。不會距離太遠
都是我能處理的事

他的情；很短
有三段——春夏秋
冬天似乎是好好聽的話

他的霧。很輕
滑落在地上，一箱子的情願
明明鹽巴，含了硬說是糖

把糖與鹽交換，把喜歡的書
滑落在地上，放進一箱子的情願
似乎不是我能處理的事
開始與結束
應該不會距離太遠

他的霧。很輕
他的情；很短

他的話，很短
短不過三季，長不過花季

所有

不輕易太早睡著
把夜晚豢養成一條巨大的鯨魚

比船還大，比城市還大
而孩子還小。靜靜躺在床上

他的夢是透明的。像泡沫
像藏在嘴邊的餅乾屑

你吞下梗在喉間的句子「
季節完整的離開」
陽光浮出海面
不太像？但也快要是

夕陽突然

夜晚垂落——城市緩緩爬升
幾個逗號浮了起來，
點亮來到的路

孩子坐在你的腿上：
畫著地圖。
在彎處再接著另一個彎
像接住這些歲數的我們

有時想繞出。接著又回到
遠方回來的位置

有人懂你

白紙上，寫下一些好事
把油漬的點點滴滴藏在筆跡裡
像是在你一如既往的聲音，
放進一棵樹：又高又遠
有人可以在底下乘涼
拿起一本卡夫卡
（有人為他的手畫了一條虛線）

他牽起了這棵樹
而樹撐住了天空
名字與意志，
不至於被垮落下來

他看出了路，我還看不懂
像是你的聲音像霧
你直直寫下去，專一的
寫下一些好事，花季慢慢融化了
而有人懂你說的

裝飾

每一個穿過的日子，都像一張獨特的葉子，指認時間的容貌：有些翠綠甜美，生命力豐美；有些萎黃枯槁，風一吹就飄零。

飄零的葉子，飄零的心。

你不斷與修辭妥協，把句子修飾成沒有枝幹。

沒有對錯與好壞，唯有時光川流旅經：每一張飄零的葉子，像日曆被撕下，等待被輕輕放置。

信任

有時人很脆弱，像流沙，一碰就散。

以為澆一點水，再砌幾面牆，能蓋一座城堡。

照顧好這麼大的庭園是困難的。儘管你澆灌那些習慣，想起了那些，不經意被打破的話：

而你要相信，明天會更好。

離夜：隔離之後，似乎離生活更遠，卻離生命很近

你把家放在手上
短短一句話，與藥一起吞下
——把窗打開的日子。
說短不短，
給孩子畫作與遊走的手肘峭壁太瘦
也足以看清楚牆邊的裂縫，
媽媽拎起你的風；
錯失的笑聲

有蟲任意跨越
但也不足以漫長到憂傷慢慢被亮起
你在房間為堅定的指尖，為遠方掛記
有人訪起，在等待與期待兩端為難：
「是喜樂的一年
我們並不孤單。」可能我依然在意寂寞
在意來不及的那些痛
吹口氣，把那些遺落的語法吹走
你依然是自己，那個把愛放在心上
即使那些折磨，像是海上的浪
提醒自己離家的他。把那股風
當作是追逐的孩子

你依然愛著。依然是善良的
在每一個日常，每一次的路口
似乎擺放了什麼禮品
在下次即將經過的春天
我們的夢裡：
那扇窗有光探入
帶著一條長長裂痕像夾岸
落腳。逐退。在荒蕪到等待你肯定的
一個夜晚，純粹的為每一個字負責

小白——她跟著吃走了

在一切變得安靜，
姿勢像草原
有人走遠的第七月
說是風平浪靜。表情卻像
雷雨前的飛蛾

沒有風的日子，逐漸燠熱
關於等待：

「想像自己被撫摸時柔順如
再次吹過的波浪，而金黃色的日光
穿過葉隙，如瞇著的雙眼」

你將記憶的摺頁放置陽台
曬乾成一張充滿皺摺的舊報紙
安放合適的詞：等待。
陽光灑落在空空的碗
還有那塊留下的空地

我練習計算花期不小心打起瞌睡；
半夢半醒間

看見城市的海
漂上季節的柔軟。
來到我的身邊。靜靜坐下，

帶著溫馴的安插敘事
一截一截的列車經過
有等候的人海
一起練習——
穿過俗氣的幸福快樂那些年

當我擁有一張桌子
是把一個字一個字慢慢疊上

組成我們在一起的生活
熟悉而陌生著
在陽光穿透之後，起伏成陰影

你來到我的前往之前
霧是島，天空是走
沒有乘客與規則。
斷裂的語彙
在其他人可能都拋諸腦後時

「你太在意了。」
總有人相信，你說出的第六個名字

有人擅於丈量，有人擅於說謊
有人在固定的黃昏
等待睡去，靜靜的沉入約好的日子

公主——她跟著睡著了

寫幾句融化在睡意的話
沉浮在洗手台上未乾的水
空下的碗，陽光穿過葉隙留下的一個一個
印子——突然都靜了下來

我們用盡一切來縮小時間
縮小到把所有語彙都放在明亮的季節。
夢境值得理直氣壯，而從你跟著哼起的歌

終其一生，有些人想找一個答案
關於尋找的意義，關於等待
與放下；金黃色的日光栩栩
如麥浪。穿越過去
像再次亮起的雙眼

花期很短
在所有的字尾上
可以緩緩成海，
當夢境擱淺在一封長長的信

距集——當意會到那些話，已經錯過

「那些錯過的花季，多麼期盼同行
跳舞的海是沒有底的陷落
使我重新開始釐清：關於愛的寫法」

當你想起。夢會把房間瞇進
一朵大大的雲，
落下的粉嫩櫻花雨
話題來不及收回

（攤開相片，花開得繽紛
有些模樣正燒得熱烈）

我怕想念不只一首歌的
舞蹈。以為再一趟旅行
你依然在清晨，把有光的身體
一一列舉在同一高度。在並行時
想盡話題，
結果留下天氣；
走進一枚發亮的螢幕，
我們被黑夜包圍時，跳出速報
「建築物龜裂，海嘯預計抵岸時間……」

脆弱節節敗退，我怕說錯一句愛
才寫成一封沒有寄出的信
你怕我哭。怕月光熨平了背脊上的城
沉入很深很深的一條路；有時候
選擇當個誠實的人
一百朵換句話說
選擇話題：科學，或者再次談論天氣
不錯過的花季，你還是會走到這裡

星期三的下午。你要去寫生

一席青草色的口音
你把日子疊齊，拿出一支畫筆
你從湛藍的天空
寫過島嶼。穿過海，背向人群，
走向沿岸，累得
彷彿沾滿油墨
「把愛看作是只沙發
享用清晨像泡了熱牛奶

不經意也把你擦掉」
你心裡有數也擦掉原本寫好的話。

你隨意搭上一班列車
經過人群，經過海，
經過著島嶼，縮成一只耳朵。
有人將自己坐成人潮逐漸散去的雨勢
黃昏從遠方而來
完整又完整的
將一半的月份偽裝成
落葉與線頭。

你等待全新的季節
找到牆裡的裂縫把另一半串連起來。
你也知道總有盡頭，
寫不過那些再自然不過的事
我也不會。直到那些湖泊進入身體
在滿頭風雪前，形成最深的墨跡
像是一幅莊嚴不過的畫

有人搶先示範
甚至你也擁有資格
在那瞬間，你突然放棄了那些他人說愛的事情
只是把行進的日子壓得很低，

將身體壓得很低很低
拖曳成一片不斷逡巡的窗簾
在每段時候的軌道上
有人逐日，有人奔月，有人為了遠方
甘願把自己化作一片沙漠
安靜地等人發現一朵嬌豔欲滴的花

那時的夢是漩渦，父母的話，
是一張成績單，一則
始終久久已讀的訊息：
你順著桌緣，彷彿沿岸
朝一片海洋對峙。在多年後

除了百步蛇之外，看穿就是大半輩子了——致阿瀨老師

凌晨四點半。有光把來往的天空
切開兩半；
靠在窗邊的角落
拿著畫筆，畫出風吹響的
一道道波浪。

順手安放已填滿的詩
起身後，你赤著腳踩著不穩的腳步

分不清是夢境
或者只是在沒有人潮的街道
幾乎聽見武潭部落的心跳

抖動著手，抓不穩季節
在畫紙上陡嶇的塗上顏料
開始有人叫好
也有人把兩人牽成的線
連成又高又遠的風箏

你用力呼息
媽媽準備的飯菜香

在暴雨來臨以前，
陽光被低壓的雲捧著
像一個缽。

你投入智慧，文字，還有生活的美
用生命的熾熱融入畫筆
在母親的擁抱裡：你尋找著你
讓記憶翻漲
為波浪形容的自己

彷彿靈魂被禁錮著
你仍用力把不成章法的話

想要把今日說好，
有太陽，有星星，還有你疼愛的部落
沒有目的，你的家會找回你
當有人經過時。你的誠實與溫柔都被安放於此

成，識——雲。雨。星星

在靈巧的法則上：一個有愛，有光
的人穿過巷底的盡頭。柔軟
卻理直氣轉——
盡可能刈除一夜的鬼，
在翻啟的床邊故事
——兩隻手從被窩伸出
在牆壁上召喚各種生物。

「那些名之為家的……」
躺在枕邊的軟軟歌聲
繪出一張張夢想地圖
（我要帶著你走去，看著你長大）

想起你在公園撿起的樹枝
斷續的背影，在極短暫的黃昏
接著我們為每隻青蛙取名，
還有人不小心踩入到水坑裡。
蛙蛙大笑。
召喚出靈巧的歌
燦燦顏彩綻放在整片天空

水覆蓋到小腿，你說是將口音
掩藏的特有問候：
「你愛；你說，從來都不夠」

直到——我的天空
逐漸降下，
你將樹枝遞給
下一個孩子
挖起田地：將時光
琢磨成一顆寶石
逐字逐行在沙地裡……

攪和成一大塊的
時間，我們把聽見的
霧放進詞彙裡

「你值得所有的好」
日光穿過林葉，穿過我們身上穿過
像一條金黃色的絨布

終於靜下來了，等待一位透明的掘金者
成為充滿愛與光的人。湛藍
到天空與海的那頭。

故事——一次在植物園的下午速寫開始

一、雖然

想說一句話
像線頭
穿過乍現的陽光
穿過
即將離開的冬季

想到你的時候，
你的手裡就是天氣
卻不小心扎傷了手指

二、簡短

耳朵像一副銀碗，在清晨
盛入響亮的範疇
鳥聲，風聲，蟬鳴，時而
汽車穿過
光影：具備寬鬆的聽覺與視覺
每副碗盛著不同的夢

與清醒的交際處，
聞起來是熟習的記憶
離去的人走了很長；

如果謊言是緩慢的融化
日子是與困難的交集

「關於存在，
我想了很久
像用一生陪伴我們的老黃狗」
趴在地上，用盡全力抬起頭來

等著主人回來，
把眼睛再亮起一次
那時你忙著參與

有的節慶成為歷史
相片裡的我們成為潮汐，
像一首不斷不斷被朗唱的歌
輕輕哼起的樂符
像陣雨
撐開你快閉起的眼瞼
空下的碗
——突然都靜了下來

三、一次在植物園的下午速寫

返家的路不斷走向你
你走向出口
一座天空再度拐彎「那個她
在植物園裡
坐了一個下午
，直到」

直到季節把時間吞沒
練習發音，直到最後一個字
說成一望無際的夜。

你左思右想
舉步維艱
失去了方向，不曉得如何通往一句抱歉
在低下的夕陽裡看見父親的背影

念頭都成為披上太平洋的孩子
濤聲是呼吸
將你的眼神擺放在蔚藍
穿過透明的窗
還有那些像霧的姓字。

你唸誦植物旁的立牌：
一一舉起手機指認，
向對方的身世抽絲剝繭

拾起落葉，你試著做出判斷：
往前的路。色彩冰冷。比如困難
礁岩。晨光。木棉。
水泥。掛在樹上的蛇

像陽光滑過石頭邊際
一群孩子將紙飛機射向天空
穿過若干島嶼；那些遠方

你當作是更好的命運
在白紙填上問題與藍天
應答那些錯過的花季

你欽點那些回憶來往，
在一個來得正好的金黃下午
召喚相似的氣味與行囊

她總是忘了又忘。難以承接
你提供的語彙
返家的路上走向你，你走向她：
使了命去描繪。練習發聲

遠方的山

打開房間的燈。八月
一串透明鑰匙
一排躺成夢的光
黑夜像草叢包覆著
你站在路口，
準時向來往的人
打著招呼；
是等待，是遼闊

任由時間邁向山
在路上：
打開無根的猜測

於是

每晚睡前留下五分鐘，
好好說晚安
垂下眼皮，離線後退五釐米
走進夢境前，像是
預備離開了城鎮

突然有句話打到你，
你捏了幾顆星星張貼

在你的天空。
期待有人
——發現你的紀念日
發現被吹遠的沙或者
只是想被人發現
你在讀這首詩的心情；
或者，你

有人再次問起

你與黑夜對坐，在悶熱的夜晚中。
無限期置放的旋律隨機播放中響起，想起有翅膀的日子。
遠遠的把思緒飛去那條街道，好像歌曲不小心透露了太多。
好像有霧？好像隔了一層似是而非的密碼。
當有人再問起你，你曾是我，現在等待下一次的雨季。
多年了。

有人喜歡

雨季來了，
你說在這頓晚餐之後，要去旅行
我們在餐廳裡點了滿桌的薯條
首先我們劃分一半；
像是抽籤：接著，接著
從中間被挖開的洞敞開了光
在被需要的時刻——
回頭看見童年的我

「那個不斷被重新提起的故事……」

等候的車來了。
之類的抱怨或許繼續行進
我在有與沒有之間的價值裡不斷提問
突然清醒的時刻
就顯得突兀。
在窗上的霧氣
你用手指畫出一顆大心
不是因為喜歡，是想被清楚看見
接著等候雨停下來

大雨淋漓之後的清晨

大雨淋漓之後的清晨，在樹旁
浮起了幾座被洗刷的
詞彙；你戰戰兢兢捧起
直到人聲慢慢響起
你望見城市——
似乎輕易還給了那座山
遠方的世界看起來好近好近

順勢將陽光織成的毛毯
變成一道道海浪
偶爾張開雙手，丈量
寬度與深度

理由

嘆息像打結的繩索，長長的
病床上冬眠。位於城市
在長長的深夜——沉沉的森林
偶偶爾爾，你想起回家的路
成為一種幽默的魔術
：一百種凝視
「在矛盾的彩虹裡」
你留給未來，有人成為理由

直到日子伸出了他的手

哆嗦

把愛撐得好大好大
以為是一把傘，其實是天空
以為是嘮叨碎絮，卻是走過冷雨交加

走得好慢好慢，像一隻沒有方向的蝸牛
以為是虛線，像前一場暗下的雨
有人走來，有人離去
指向不明的氣候

愛始終像一個大大的屋簷
始終有人在屋內點亮。
與其任由快樂的人生

國家圖書館出版品預行編目（CIP）資料

日常 / 趙文豪著 . -- 初版 . -- 新北市 : 斑馬線出版社 ,
2025.06
面 ;　公分

ISBN 978-626-99484-7-5（平裝）

863.51　　114004567

日常

作　　者：趙文豪
總 編 輯：施榮華
封面設計：DDT

發 行 人：張仰賢
社　　長：許　赫
副 社 長：龍　青
總　　監：王紅林
出 版 者：斑馬線文庫有限公司
法律顧問：林仟雯律師

斑馬線文庫
通訊地址：234 新北市永和區民光街 20 巷 7 號 1 樓
連絡電話：0922542983

製版印刷：龍虎電腦排版股份有限公司
出版日期：2025 年 6 月
I S B N：978-626-99484-7-5
定　　價：380 元